শেষকালে শান্তি
PEACE AT LAST

Jill Murphy

Bengali translation by
Satyen Barua

Ingham Yates

THE BANGLADESH CENTRE
OF EAST LONDON
1ST. FLOOR, 23-25 HESSEL STREET,
LONDON E1 2LP.
TEL./FAX.: 0171-488 4243

For
Daniel
Celia and
Min

First published 1980 by
MACMILLAN CHILDREN'S BOOKS
A division of Macmillan Publishers Limited
London and Basingstoke
Text and illustrations copyright © Jill Murphy
This dual language edition published 1990 by INGHAM YATES
40 Woodfield Road, Rudgwick, Horsham, West Sussex, RH12 3EP, England
Bengali text © Ingham Yates Limited
Bengali translation by Satyen Barua. Bengali checked by Alakananda Sarkar
Edited by Jennie Ingham Associates Limited
22 Newbury Road, Highams Park, London E4 9JH

ISBN 1 870045 18 1

Printed in Belgium

রাত তখন অনেক।

The hour was late.

ভাল্লুকমশাই ক্লান্ত ছিলেন,
ভাল্লুকগিন্নী ক্লান্ত ছিলেন
এবং
ভাল্লুকশিশুও ক্লান্ত ছিলো,
তাই সবাই তারা শুতে গেলেন বিছানায়।

Mr. Bear was tired,
Mrs. Bear was tired
and
Baby Bear was tired,
so they all went to bed.

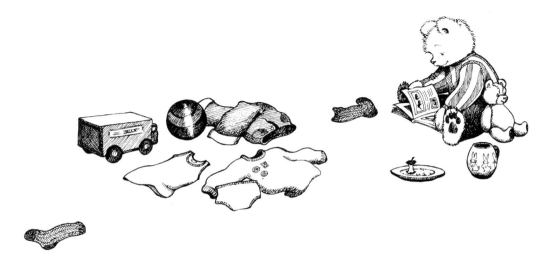

ভাল্লুক গিন্নী ঘুমিয়ে পড়লেন।
ভাল্লুক মশাই ঘুমোলেন না।

Mrs. Bear fell asleep.
Mr. Bear didn't.

SWEET
HOME

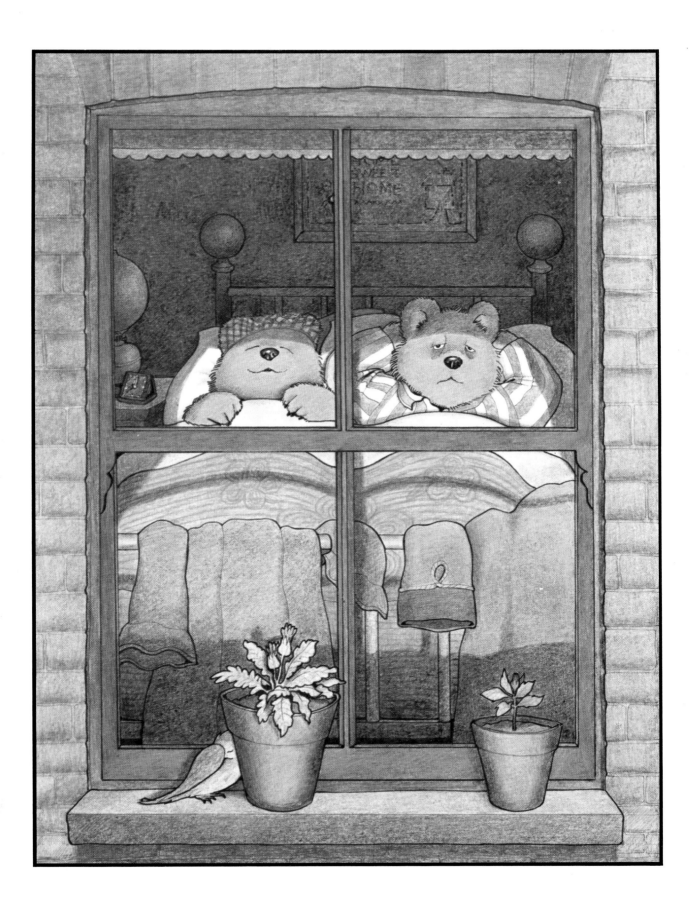

ভাল্‌লুকগিন্‌নী নাকডাকতে শুরু করলেন।
ভাল্‌লুকগিন্‌নীর **"নাকডাকা"** চলতেই লাগলো,
"নাকডাকা, নাকডাকা, নাকডাকা।"
"ও না!" বললেন ভাল্‌লুক মশাই,
"আমি **এ আর** সহ্য করতে পারছি না।"
তাই তিনি উঠে পড়লেন এবং
ভাল্‌লুকশিশুর ঘরে শুতে গেলেন।

Mrs. Bear began to snore.
"SNORE," went Mrs. Bear,
"SNORE, SNORE, SNORE."
"Oh, NO!" said Mr. Bear,
"I can't stand THIS."
So he got up and went
to sleep in Baby Bear's room.

ভাল্লুক শিশুও ঘুমোয়নি।
সে বিছানায় শুয়ে ভান করছিলো যেন সে নিজে একটা বিমান।
"নিই-আ-আও!" শব্দ করতে লাগলো ভাল্লুকশিশু,
"নিই-আ-আও! নিই-আ-আও!"
"ও না!" বললেন ভাল্লুকমশাই, "আমি **এ আর** সহ্য করতে পারছি না।"
তাই তিনি উঠে পড়লেন আর শুতে গেলেন বসার ঘরে।

Baby Bear was not asleep either.
He was lying in bed pretending to be an aeroplane.
"NYAAOW!" went Baby Bear, "NYAAOW! NYAAOW!"
"Oh NO!" said Mr. Bear, "I can't stand THIS."
So he got up and went to sleep in the living-room.

টিক-টক... শব্দ করতে লাগলো বসার ঘরের
ঘড়ি.... **টিক-টক, টিক-টক**।
কুক্কু! কুক্কু!
"ও **না!**" বললেন ভাল্লুকমশাই,
"আমি **এ আর** সহ্য করতে পারছি না।"
তাই তিনি রান্নাঘরে ঘুমুতে গেলেন।

TICK-TOCK . . . went the living-room
clock . . . . TICK-TOCK, TICK-TOCK.
CUCKOO! CUCKOO!
"Oh NO!" said Mr. Bear,
"I can't stand THIS."
So he went off to sleep in the kitchen.

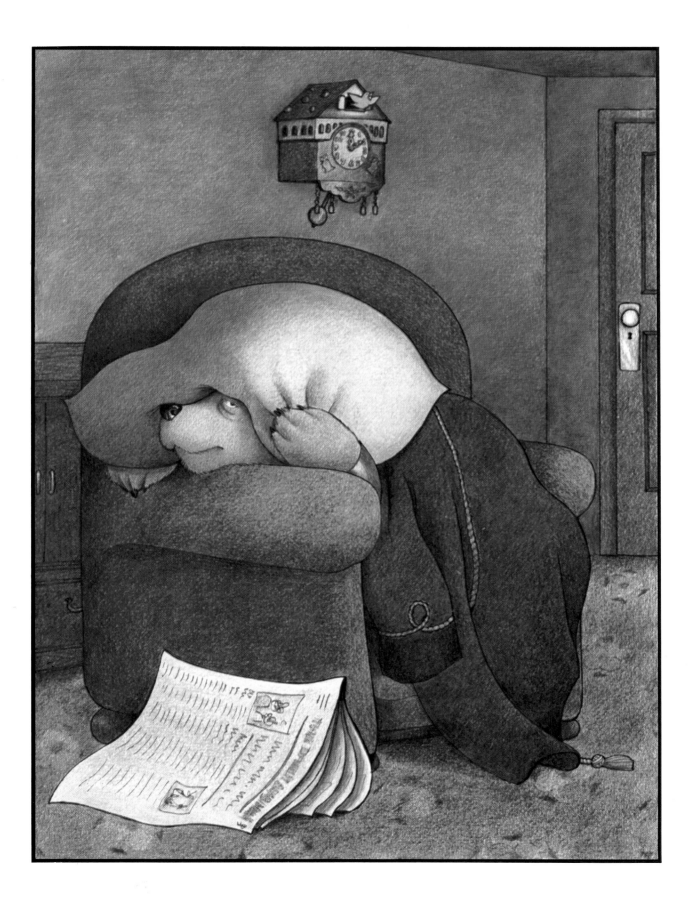

টপ টপ... শব্দ করতে লাগলো রান্নাঘরের ফুটো কল।
হম্ম্ম্ম্ম্ম্ম্ম্ম্ম... আওয়াজ শুরু করলো ফ্রিজ।
"ও **না!**" বললেন ভাল্লুকমশাই,
"আমি **এ আর** সহ্য করতে পারছি না।"
তাই তিনি উঠে পড়লেন আর শুতে গেলেন বাগানে।

DRIP, DRIP . . . went the leaky kitchen tap.
HMMMMMMMMMM . . . went the refrigerator.
"Oh NO!" said Mr. Bear, "I can't stand THIS."
So he got up and went to sleep in the garden.

যা হোক, তোমরা বিশ্বাস করবে না কতো রকম আওয়াজ রাত্রে বাগানে হয়।
"টু-হুইট-টু হু-উউ!" আরম্ভ করলো প্যাঁচা।
"নাকিসুরে ডাক," শুরু করলো কাঁটাচুয়া।
"মিয়াওঁ!" দেয়ালের ওপর গান ধরলো বেড়াল।
"ও **না!**" বললেন ভাল্লুকমশাই, "আমি **এ আর** সহ্য করতে পারছি না"
তাই তিনি গাড়ীর মধ্যে শুতে গেলেন।

Well, you would not believe what noises there are in the garden at night.
"TOO-WHIT-TOO-WHOO!" went the owl.
"SNUFFLE, SNUFFLE," went the hedgehog.
"MIAAAOW!" sang the cats on the wall.
"Oh, NO!" said Mr. Bear, "I can't stand THIS."
So he went off to sleep in the car.

গাড়ীর ভেতরটা ছিলো ঠান্ডা আর আরামদায়কও নয়,
কিন্তু ভাল্লুক মশাই এত ক্লান্ত ছিলেন যে তিনি তা বুঝতেই পারেন নি।
তিনি যেই ঘুমিয়ে পড়তে যাচ্ছেন তখনই সমস্ত পাখীরা গান শুরু
করলো আর সূর্য জানালার কাছে উঁকি দিলো।
"কিচির মিচির"! শব্দ করতে লাগলো পাখীরা।
ঝক ঝক চক চক... করে উঠলো সূর্যের আলো।
"ও **না!**" বললেন ভাল্লুকমশাই, "আমি **এ আর** সহ্য করতে পারছি না।"
তাই তিনি উঠে পড়লেন আর বাড়ীর মধ্যে ফিরে গেলেন।

It was cold in the car and uncomfortable,
but Mr. Bear was so tired that he didn't notice.
He was just falling asleep when all the birds
started to sing and the sun peeped in at the window.
"TWEET, TWEET!" went the birds.
SHINE, SHINE . . . went the sun.
"Oh NO!" said Mr. Bear, "I can't stand THIS."
So he got up and went back into the house.

বাড়ীর মধ্যে, ভাল্লুক শিশু অকাতরে ঘুমোচ্ছিলো।
আর ভাল্লুক গিন্নীও পাশ ফিরে শুয়েছিলেন আর তাঁর নাকও
ডাকছিলো না।
ভাল্লুকমশাই বিছানায় উঠলেন আর চোখ বন্ধ করলেন।
"শেষকালে শান্তি," তিনি নিজের মনে মনে বল্লেন।

In the house, Baby Bear was fast asleep,
and Mrs. Bear had turned over
and wasn't snoring any more.
Mr. Bear got into bed and closed his eyes.
"Peace at last," he said to himself.

বর্র্র্র্র্র্র্র্র্র্র্র্র্র্র্র! ঘুম ভাঙগানোর ঘড়ি বেজে উঠলো, **বর্র্র্র!**
ভাল্‌লুকগিন্‌নী উঠে বসলেন আর নিজের চোখ মুছলেন।
"সুপ্রভাত, প্রিয়," তিনি বললেন।"তোমার কি ভালো ঘুম হয়েছিলো?"
"না **খুব** ভালো নয়, প্রিয়া," হাই তুললেন ভাল্‌লুকমশাই।
"যাকগে কিছু মনে করোনা," বললেন ভাল্‌লুকগিন্‌নী।
"আমি তোমার জন্য এক কাপ ভাল চা করে নিয়ে আসছি।"

BRRRRRRRRRRRRRRR! went the alarm-clock, BRRRRRR!
Mrs. Bear sat up and rubbed her eyes.
"Good morning, dear," she said. "Did you sleep well?"
"Not VERY well, dear," yawned Mr. Bear.
"Never mind," said Mrs. Bear.
"I'll bring you a nice cup of tea."

SWEET
HOME

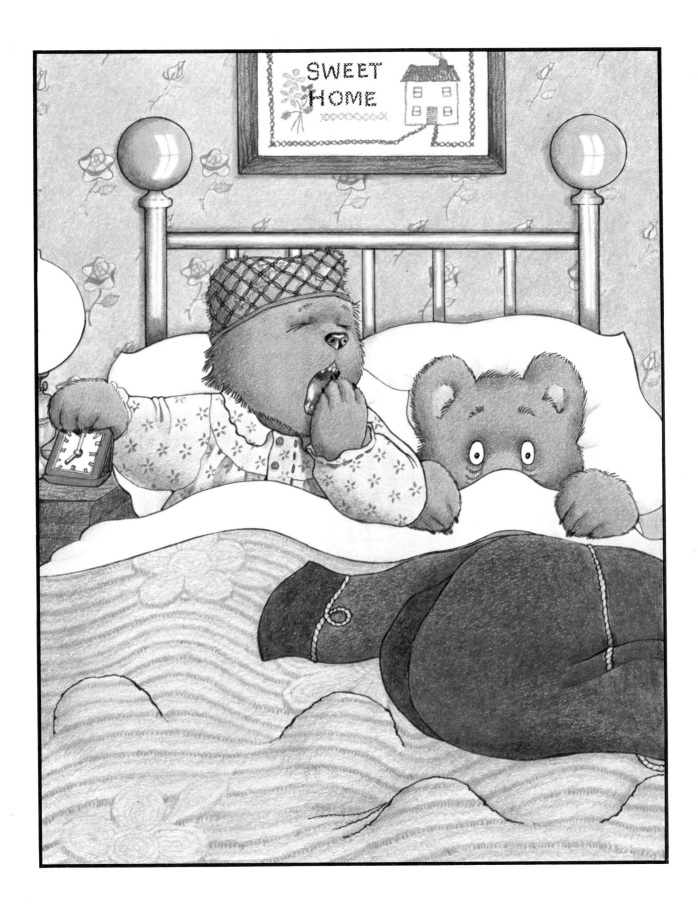

আর তিনি তাই করলেন।

And she did.